Essie

Et si j'étais un superhéros ?

Youpi, je lis !

MES PETITS ROMANS À LIRE COMME UN GRAND

Cette histoire a été écrite pour être accessible dès la fin du CP et le début du CE1 :

- le **texte est court**,
- il est divisé en **chapitres** qui rythment la lecture.

Cette histoire a aussi été écrite pour **passionner, émouvoir, faire rire** et **rêver** son lecteur, parce que **quand on aime lire, c'est pour toute la vie !**

ISBN : 978-2-7470-8248-8
Dépôt légal : août 2017
Loi n° 49-956 du 16 juillet 1949 sur les publications destinées à la jeunesse.

Deuxième édition

Achevé d'imprimer en 2017
par Pollina – 85400 LUÇON - 83182
Imprimé en France

Essie

Et si j'étais un superhéros ?

écrit par Claire Clément

illustré par Ⓡobin

bayard jeunesse

Essie vient de regarder sa série préférée à la télé : Les aventures de Superbig.

Elle est époustouflée !

– Tu te rends compte, Bouffon, confie-t-elle à son chat, Superbig a battu l'horrible Terrorisor, et il a sauvé toute la ville ! J'aimerais bien, moi aussi, sauver des gens. On doit se sentir fier, et heureux… Tout le monde t'admire et même plus : on t'adore !

Tiens, et si…

Et si j'étais un superhéros ?

Aussitôt dit, aussitôt… Essie devient SuperEssie.

Elle a un assistant, évidemment : c'est SuperBouffon. Grâce à ses yeux extra-voyants, il est capable de voir un ver qui se promène dans la forêt !

La sonnerie du portable de SuperEssie retentit :

– SuperEssie, j'écoute !

– SuperEssie ? Police à l'appareil ! On a besoin de vous. On a repéré une voiture roulant à toute allure sur la M7. Ses freins sont cassés. Le conducteur est désespéré. Sa femme et ses deux enfants sont avec lui dans la voiture. Si vous n'intervenez pas immédiatement, ils vont avoir un accident !

– Compris. C'est parti, mon kiki ! lance SuperEssie à SuperBouffon.

Elle ferme sa combinaison anti-feu et accroche son pistolet laser à sa ceinture. Elle enfile ses chaussons anti-chocs et son masque anti-foule : pas question qu'on sache qui elle est, non mais !

SuperBouffon vérifie les armatures de sa cape ailée – sont-elles bien fixées ? – pendant que SuperEssie chantonne son refrain favori :

C'est nous, SuperBouffon et SuperEssie !
Qui sauvons les gentils,
qui zigouillons les méchants.
Taratata pan pan, et vlan, dans les dents !

Elle ouvre la fenêtre et s'accroche à SuperBouffon qui s'élance dans le vide.

Les ailes de la cape se déploient, les deux superhéros survolent les routes, qui, plus bas, se croisent et s'entrecroisent.

Les yeux extravoyants de SuperBouffon repèrent la voiture…

Mais une ombre surgit. C'est Détractor ! Le plus méchant de tous les méchants. Il n'aime pas les gens, et surtout les enfants, il a horreur des animaux, et surtout des chats, il déteste le soleil, les fleurs, la mer, le soleil couchant, les moutons et les vaches. Il n'aime rien. Son seul plaisir, c'est de détruire. Sa queue puissante coupe mieux qu'un couteau. Détractor est le pire ennemi de SuperEssie.

– Hahaha ! se moque-t-il, revoilà les supernazes ! Qui va les ratatiner, les pulvériser, les démolir à jamais ? Moi, Détractor, car je suis le plus fort !

Ziiiip ! avec sa queue, il fend la cape en deux. SuperBouffon est déséquilibré et les superhéros tombent dans le vide.

Grâce à ses chaussons anti-chocs, SuperEssie atterrit sans se faire mal. Mais son assistant est en danger, il risque de s'écraser au sol !

Vite, SuperEssie tend les bras, elle se concentre pour que la force grandisse en elle.

– Force, dit-elle, aide-moi à rattraper SuperBouffon.

Et SuperEssie devient si forte qu'elle rattrape son chat dans ses bras !

– Bravo, SuperEssie ! la félicite un passant. T'es la meilleure de tous les super-héros ! Je t'admire, je t'adore ! Est-ce que je peux t'embrasser ?

Non merci ! SuperEssie ne le connaît pas, elle ne souhaite pas être embrassée. Elle a autre chose à faire.

Car voilà la voiture qui arrive à toute allure. Vite, SuperEssie tend les bras, elle se concentre pour que la force grandisse en elle :

– Force, dit-elle, aide-moi à arrêter la voiture.

Et SuperEssie devient si forte qu'elle arrête la voiture !

Détractor est furieux.

Il donne un coup de queue à la voiture, qui fait des tonneaux et prend feu. Des cris horribles percent l'air.

Vite, SuperEssie traverse les flammes. Grâce à sa combinaison anti-feu, elle ne risque rien ! Elle enveloppe les parents et les enfants dans une couverture, et les entraîne à l'abri.

– Bravo, SuperEssie ! clame en chœur la famille. T'es la meilleure de tous les super-héros ! On t'admire, on t'adore ! Est-ce qu'on peut t'embrasser, te bécoter ?

Non merci ! SuperEssie ne souhaite pas être embrassée, ni bécotée ! Elle a autre chose à faire.

Car Détractor est de plus en plus furieux.

– Hahaha, fulmine-t-il, les superminables ! Qui va les écraser, les bousiller, les démolir, les aplatir ? Moi, Détractor, car je suis le plus fort !

Il prend son élan, prêt à couper les superhéros en deux avec sa puissante queue. Mais SuperEssie est plus rapide. Elle sort son pistolet laser et *pfuuuuiit !* Détractor est propulsé comme si un ouragan l'avait emporté.

On entend alors une sirène. Les pompiers ! Ils sont venus éteindre le feu.

– Bravo, SuperEssie ! crient-ils. T'es la meilleure de tous les superhéros ! On t'admire, on t'adore ! Est-ce qu'on peut t'embrasser, te bécoter, te donner un poutou ?

Non merci ! SuperEssie ne souhaite pas être embrassée, ni bécotée, et encore moins recevoir un poutou ! Même par les pompiers ! Elle a autre chose à faire.

Car elle connaît Détractor. Il va revenir l'attaquer !

En effet, le voilà déjà ! Il tient un ballon énorme au-dessus de lui.

– Hahaha, éructe-t-il, les superzéros ! Cette fois, je vais les ratiboiser, les écrabouiller, en faire de la purée, les torgnoler, les liquider, les zigouiller. Et pourquoi ? Parce que je suis Détractor, le plus fort !

Soudain le ballon éclate, libérant de monstrueuses araignées. Elles bondissent aussitôt vers les superhéros, vers le passant, vers la famille, vers les pompiers. Ils sont tous affolés :

– Au secours !

Vite, SuperEssie tend les bras, elle se concentre pour que la force grandisse en elle.

– Force, dit-elle, aide-moi à repousser les araignées.

Et SuperEssie devient si forte qu'avec quelques pichenettes, elle repousse les araignées !

– Bravo, SuperEssie ! hurlent le passant, la famille et les pompiers. T'es la meilleure de tous les superhéros ! On t'admire, on t'adore ! Est-ce qu'on peut t'embrasser, te bécoter, te donner un poutou, te cajoler ?

Non merci ! SuperEssie ne souhaite pas être embrassée, ni bécotée, ni recevoir un poutou, ni être cajolée ! Elle a autre chose à faire.

Car…

– Miaaaoooooouuuuu !

Ce cri, c'est celui de SuperBouffon ! SuperEssie lève la tête. Détractor a kidnappé son chat et il l'emporte !

– Hahaha ! rigole-t-il méchamment. Qui peut dire adieu à son minet, à son minou, à son petit matou ?

SuperEssie est désespérée. Sa combinaison anti-feu ne lui est d'aucune utilité, ses chaussons anti-chocs non plus. Elle pourrait se servir de son pistolet laser, mais ce serait trop dangereux, car la foule l'entoure, l'enveloppe, l'encercle. Des photographes sont arrivés ; ils la prennent en photo, *clic, clac !*

– Bravo, SuperEssie ! braillent-ils tous. T'es la meilleure de tous les superhéros ! On t'admire, on t'adore ! Est-ce qu'on peut t'embrasser, te bécoter, te donner un poutou, te cajoler, te porter en triomphe, haut, très haut ?

Nooon ! Il faut sauver SuperBouffon. Mais SuperEssie a beau tendre les bras, elle n'arrive pas à se concentrer. La foule la retient, l'agrippe, l'étouffe.

Alors, une énorme colère grandit en elle. Une colère si forte qu'elle donne des ailes à SuperEssie. Elle décolle du sol et s'accroche à Détractor. Celui-ci se débat, mais personne ne résiste à la colère de SuperEssie. Détractor lâche SuperBouffon. SuperEssie le rattrape à la volée. Et *splatch !* le plus méchant de tous les méchants s'écrase au sol.

Plus excitée que jamais, la foule se rue sur SuperEssie.

– Bravo, mille fois bravo, SuperEssie ! l’acclame-t-elle. T’es la meilleure, la plus top de tous les superhéros du monde entier ! On t’admire, on t’adore ! Est-ce qu’on peut…

– STOP ! Je ne veux plus qu'on m'admire ! Pitié ! Je ne veux plus qu'on m'adore ! Ou alors de loin, de très très loin !

C'est vrai, quoi… Je veux bien sauver les gens, mais pas qu'on m'embête avec des tas de bisous ! Pouah ! Par contre, j'en ferais bien, moi, à un superhéros que j'adooore… C'est le plus top de tous les chats du quartier ! Allez, viens, SuperBouffon, que je t'embrasse, que je te bécote, que je te donne un poutou, que je te cajole… De près, de très très près…

Youpi, je lis !

Découvre tous les autres titres de la collection !

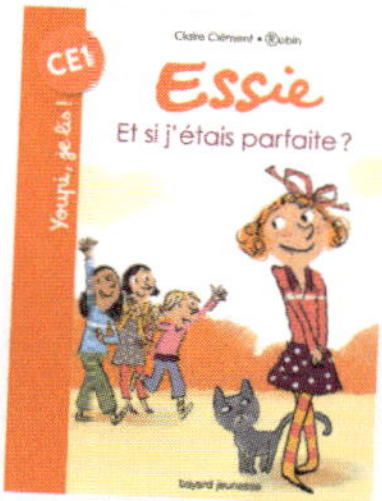